11
un relato para olvidar...
ellohar

Advertencia:

No recomendable para menores y personas sensibles

(Inspirado en hechos reales)

perdóname una y otra vez…

día 1

— ¡Eh chaval!, ¡chaval! ¡Despierta, vamos despierta! Será mejor que te vean consciente... ¡Chaval!, ¡oye! Levanta, que no te encuentren así... ¡Maldita sea! ¿Cómo me va a oír con tanto jaleo? ¡Callaos todos un poco!

—Déjalo en paz, no vale la pena despertar en un lugar como este.

—No hagas caso de ella chaval, tú escúchame a mí, yo soy Charlie, tu amigo. Vamos, di algo, muévete, ¡reacciona!

—No te oye Charlie...—Insistió ella.

De pronto despertó; pudiendo diferenciar esa conversación entre todos aquellos llantos y griterío que retumbaban por doquier.

Sufría contusiones y un fuerte dolor que lo mantenía aturdido, podía notar el mechón de pelo y sangre medio coagulada que se le había formado en la cabeza. Sentía como le palpitaba la herida…

El verano se alzaba con fuerza. El calor era intenso, cargado de humedad sofocante que hacía el aire irrespirable, mezclado con un penetrante olor químico que lo invadía todo, y que entraba por sus fosas nasales perturbando su atención.

Miró a su alrededor, apenas había espacio para moverse, casi tocaba el techo con la cabeza. Nunca había sentido terror. Esa fue su primera vez.

Encogido y tembloroso fue arrinconándose, en silencio, hasta pegar su espalda contra la pared de la celda.

— ¿Ya despertaste? Amigo, tranquilo, pude oírte, estoy aquí, a tu lado derecho. Al otro lado de la pared. ¿Cómo te encuentras?... Dinos, ¿cuál es tu nombre?, ¿ya has comido?... Procura comer, te dará fuerzas. Puede que no sea tu comida preferida. Pero es comida.

— ¡Ja jajá! Comida. —Interrumpió uno de las celdas de en frente— Cualquier comida para perros es mejor que esa porquería. Tanto si la comes, como si no. Ten por seguro que vas a morir.

— ¡Cállate "Paranoico"! —dijo Charlie—. Lo que menos necesita, es oír tus locuras.

—Tranquilo chaval. A ese ni caso, ignóralo. Es lo que pasa cuando se toma demasiadas drogas.

— ¡Yo por lo menos tengo un motivo para estar loco! —gritó "Paranoico" desde su celda.

—Por qué no le dejáis en paz los dos de una vez. —Insistió ella, la ocupante de la celda del lado izquierdo—. Este maldito lugar no conoce el silencio, es fácil acabar loco aquí.

— ¡Atención! Viene alguien, será mejor que estemos callados—dijo Charlie arrinconándose.

— ¡Callaré si me da la gana! —exclamó "Paranoico" exaltado—. ¡Estoy harto de ti, harto de tu amiga la fulana pacifista!, ¡harto de ese olor que me está atravesando el cerebro!, ¡harto de todo! ¡Mierda! Quiero salir de aquí. ¡Sacadme de aquí, malditos!

Los gritos de "Paranoico" provocaron al resto de presos del pabellón, que comenzaron a desgañitar sembrando el caos total.

El sudor empapaba los uniformes de los dos hombres que acompañaban a un nuevo y corpulento recluso hacia su celda, atado con un collar al cuello sujetado a una pértiga para mantenerse a distancia de él. Lo arrastraron hasta el interior de la celda, y antes de quitarle el collar, le infligieron una brutal paliza entre patadas y puñetazos, haciendo caso omiso de los desgarradores gritos de dolor que salían de la boca de aquel desgraciado.

Uno de los dos hombres uniformados; el más obeso, tuvo que parar extenuado por el calor y el esfuerzo. Sacó un viejo pañuelo de su bolsillo, se secó el sudor que le brotaba por toda la cara, respiró a fondo y continuó con las patadas. Mientras, el resto de reclusos les gritaban abucheándolos.

Finalizaron abandonándolo, agonizando sobre un charco de sangre y orina... Pero no teniendo bastante; de camino a la puerta de salida, el otro individuo de uniforme, encolerizado por aquel griterío, reafirmó su vigor y la tomó contra "Paranoico". Vociferando y provocándole para enloquecerlo aún más.

— ¡Cállate tuerto asqueroso! ¡Me das grima! ¡Cállate!... ¡Socio, ayúdame con este alborotador!

—Apáñate solo—contestó su grueso compañero mientras se encendía un cigarrillo y miraba el Smartphone—. No aguanto este calor, me voy fuera.

Al verse sin ayuda, aquel hombre fue hacia un armario que había cerca de la entrada del pabellón; se armó con una porra que sacó de su interior, se dirigió de nuevo a la celda de "Paranoico" y entró apresurado atacándole, para no ofrecerle la oportunidad de defenderse. Le golpeó y golpeó, hasta que sació su cólera.

Agotado, se dirigió a la salida, apagó todas las luces del pabellón dejándolo en la completa oscuridad y salió cerrando con un fuerte portazo.

—... ¡"Paranoico"!... ¡Amigo!... ¿Estás bien? — preguntó Charlie a su maltrecho vecino de en frente.

— ¿Tu qué crees? —contestó "Paranoico".

—Me tenías preocupado—dijo Charlie.

—A mí me atacó uno solo, y le pillé cansado. No es de mi de quién debes preocuparte.

— ¡Dios mío! Tienes razón—exclamó Charlie.

día 2

—Lo que daría por respirar un poco de aire fresco. ¡Qué calor! ¡Madre mía que calor! —decía Charlie agobiado— ¿Cómo estará el grandullón?, ¿alguien sabe algo de él?   Con la tunda que recibió ayer, raro sería que estuviese vivo.

—Parece ser que se está recuperando—contestó "Paranoico"—. Es increíble lo duro que es. Pocos podrían sobrevivir a una paliza como esa. Algo me dice, que pronto le echaremos de menos.

—No entiendo lo último que has dicho. Pero su recuperación es una buena noticia—comentó Charlie—. Ahora solo falta que nuestro silencioso vecino se pronuncie y nos cuente su historia. ¡Chaval! ¿Me oyes? ¿Qué tal lo llevas hoy? No te cierres, no estás solo, puedes confiar en nosotros... Responde amigo...

—Ya estás otra vez forzando al pobre muchacho. Responderá cuando le apetezca—dijo la reclusa de la izquierda—. No te das cuenta de lo pesado que eres.

—Sólo intento ayudar. Es bueno que se abra y se suelte un poco. Encerrarse en sí mismo puede ser muy dañino para la mente. ¡Vamos chaval! Por lo menos dinos tu nombre.

— ¡Ya sé! Podemos llamarlo "Charlatán"—dijo "Paranoico".

— ¿Charlatán? ¿Y por qué "Charlatán"? —preguntó Charlie.

—Si a mí me llamáis "Paranoico"; lo normal es que a él le llaméis "Charlatán". ¿No?

—Pero si él no es un charlatán—dijo Charlie.

— ¡Ni yo un paranoico!

—Vamos chicos, que haya un poco de paz. —Interrumpió la reclusa de la izquierda.

— ¡Ya salió la fulana pacifista! —exclamó "Paranoico"—¡Sacadme de aquí malditos!

—Ya la está liando otra vez—dijo la reclusa de la izquierda.

—Perdóname, no pretendía hacerte enfadar—comentó Charlie—. Por favor cálmate, cálmate.

— ¡Charly!... —dijo el chaval por fin manifestándose, cortando la discusión y acaparando la atención.

— ¿Qué? ¿Cómo? ¿Ha sido el chaval? ¿Me llamaste?

— ¡Charly!... —Repitió el chaval.

— ¡Qué bueno! Dime, aquí estoy—contestó Charlie.

—Me llamo Charly—dijo el chaval.

— ¡Igual que yo!, Habrá que celebrarlo amigo.

—Eso. Hagamos una fiesta. Yo me encargo de las drogas—dijo "Paranoico" irónicamente—. Le seguiré llamando "chaval", para evitar confusiones. ¿Cómo lo ves Chaval?

—Bueno—contestó.

—Un dolor de cabeza menos—comentó "Paranoico"—. Me caes bien, no como tus vecinos.

—Pues vale, Chaval, cuéntanos. ¿Cómo acabaste aquí? —preguntó Charlie.

—No lo recuerdo...Tengo lagunas...

—Yo temo más lo que no recuerdo — Interrumpió Paranoico.

—¿Y quién te ha preguntado a ti? — Dijo la reclusa de la izquierda— Continúa Charly... ¿Nada, no recuerdas nada?... Busca en tus emociones. Es donde se encuentra el pasado.

—...No estoy seguro... Espera... Si... Estaba en el coche de mi padre, él conducía mientras bebía de su petaca... Íbamos por una carretera. La ventanilla estaba bajada... el aire entraba con fuerza… era fresco... Húmedo... Recuerdo ese inconfundible olor que hace la naturaleza después de llover; a hierba, madera, roca y tierra mojada... El Sol recién salía... Me sentía bien... Y de pronto se corta. Ya no recuerdo nada más... Un momento... Recuerdo, recuerdo... ¡No lo entiendo!... Veo a mi madre, llorando... Diciéndome... "Sé fuerte..."

— ¡Uf! — "Paranoico" suspiró mirando hacia bajo, como si hubiese entendido algo.

—Dime Chaval; ¿Quieres a tu padre? —le preguntó "Paranoico".

— ¡Claro, por supuesto! Papá y mamá, son... ¡Ellos son mi vida!

—Menudas preguntas le haces al Chaval—dijo Charlie— ¡Que rarito eres macho! ¿Quién no quiere a sus padres?

—¡Pues yo! —contestó "Paranoico"—. Les odio. Por culpa de ellos estoy aquí.

—Si sabes porque estás aquí... —Interrumpió el Chaval— Entonces. Sabes que sitio es este ¿No?

— ¿Y hermanos, tienes hermanos? —preguntó la reclusa de la izquierda interrumpiendo expresamente.

—Bueno. Sí. Mamá me dijo que pronto tendría una hermanita.

— ¡Pues claro! — Interrumpió Charlie —. El Chaval tiene familia. Una familia que le quiere. Seguro que le están buscando. Pronto te reunirás con ellos. Así que tranquilo...

día 3

— ¡Charlie! ¿Estás ahí?

—Aquí estoy Chaval. Dime.

— ¿Qué lugar es este?

—...No lo sé... Lo único que sé; es que no estarás mucho tiempo en este sitio.

— ¿Cómo estás tan seguro?

—Porque los que pasaron por aquí, no lo hicieron. Y los que estamos, llevamos poco.

— ¿Cuánto es poco tiempo para ti? Para mí, ya llevo demasiado.

—Esa es una buena pregunta Chaval. —Interrumpió "Paranoico"

— ¡Viene alguien! —dijo la reclusa de la izquierda.

Uno de los hombres de uniforme entró para hacer la ronda de control. Caminando a paso ligero, con la intención de recorrer el pabellón de punta a punta en el menor tiempo posible, y así evitar los continuos gritos y lamentos de aquel maldito lugar.

De pronto se paró frente a una de las celdas...

—! Joder, cómo apesta la hija de…! —Tosiendo entre arcadas el hombre sacó el walkie talkie— ¡Tenemos una habitación libre! ¡Cambio!

—Recibido. ¿Qué número?, ¿Vengo? —contestó su compañero por el walkie.

—El cuarenta y tres… Está en los huesos…—<<pesará poco>> pensó. —Puedo solo. Tu harás el siguiente…

—Utiliza la máscara—contestó su compañero.

— ¡Gracias genio! Casi huele como tu aliento— …¡Qué asco!... ¡Voy a echar la pota!

—Acostúmbrate. Y aligera. Quiero recuperar mi "pasta". No me vas a joder con otra escalera.

—Es lo único que te importa…—contestó tapándose la nariz— …el puto dinero. Por eso disfruto el doble cuando te gano. Corto y cierro.

— ¡Que te den! —respondió su compañero.

Esa tarde...

— ¡Me muero de sed! ¡Y de hambre! —dijo Charlie ansioso—. Además de mala, nos ponen poca comida. Yo necesito comer y beber mucho, me lo pide el cuerpo. ¡Chaval! ¿Te sobra algo de comida?

—Lo siento. Me la terminé ayer. ¿Cuándo nos traerán más? Yo también tengo hambre.

—A veces, por la mañana. Otras, por la tarde—respondió Charlie.

—Pueden pasar varios días sin que nos traigan nada, ni siquiera agua. —Interrumpió "Paranoico"—. Algunos de los que pasaron por aquí, terminaron comiéndose sus propios excrementos.

—Pregúntale a la vecina de en frente—dijo la reclusa del lado izquierdo—. Ni siquiera probó la suya. Y dudo que lo vaya hacer.

—Este no es lugar para nosotros…Pero menos lo és para ella. —dijo "Paranoico".

—Pobrecita—comentó Charlie.

— ¡Charlie! — dijo Chaval preocupado llamándolo.

— ¿Que hay amigo? —respondió Charlie.

— ¿Quién es la de la celda de en frente?

—No se sabe su nombre... La trajeron el mismo día que a ti—respondió Charlie—. Desde entonces que no come, ni duerme. Permanece a penas sin moverse, temblando, con la respiración agitada y con su mirada reflejando el pánico que hay en su interior. Ella es diferente, no nos entiende.

—Debe sentirse muy sola—dijo Chaval—. Verla así me pone muy triste.

—No podemos ayudarla—dijo Charlie.

—Lo más que puedes hacer por ella es; no mirarla, ni decirle nada—dijo "Paranoico"—. Ignórala por completo. Aun así, poco aguantará. Su corazón no resistirá mucho más, y sucumbirá al terror. No sería la primera de los suyos que acabase explotándole el corazón. Nosotros tememos este lugar. Ella, además, nos teme a nosotros...

— ¡Está muerta! —dijo Chaval asustado.

— ¿Cómo has dicho? —preguntó la reclusa de la izquierda.

—La de en frente, la que no comía ni dormía. Está muerta.

—Pobrecita. Sufría sin medida—dijo la reclusa de la izquierda—. Su alma ahora es libre.   Ya no padecerá más.

—"Paranoico" tenía razón—comentó Charlie apenado—. Me pregunto ¿Qué fue lo que acabó con ella? ¿El hambre, el sueño o el miedo?... No tocó la comida...

— ¿Quién sabe? —contestó la reclusa de la izquierda.

—Ya tenemos entretenimiento para el día de hoy—añadió "Paranoico" irónicamente—. Averiguar lo que mató a esa desgraciada.

— ¡Yo no quiero saberlo! —exclamó Chaval angustiado.

— ¿Y si cambiamos de tema? —preguntó la reclusa de la izquierda—. Algún asunto menos macabro estaría bien.

— ¿Por qué no nos dices algo de ti? —le preguntó "Paranoico" a la reclusa de la izquierda—. Seguro que una "pija" tan guapa como tú, tendrá alguna frivolidad que contar.

—No tengo nada bueno que aportar... Que lo intente otro—respondió.

— ¡Eh! Que el Chaval nos siga contando su historia—dijo Charlie intrigado—. ¿Recuerdas algo más?   Nos dejaste a medias con tu viaje por carretera.

—Lo intento. Pero no recuerdo nada nuevo—contestó Chaval—. Ya os avisaré.

— ¿Queréis saber algo? Tengo una teoría—dijo "Paranoico".

—No, tu no—interrumpió la reclusa de la izquierda—. Solo dices cosas horribles que asustan al Chaval. Este no es lugar donde ponerse en plan negativo.

— ¡Claro! Lo mejor será contar chistes—contestó "Paranoico"—. Estamos en el sitio apropiado para eso.

— ¡Está bien! No empecemos a discutir. —Interrumpió Charlie—. Contaré algo alegre.   Lo que era mi vida antes de acabar aquí... Era feliz, muy feliz... El secreto es no complicarse. Mirar el mundo con el corazón. Disfrutar de las cosas más valiosas; como la familia, los amigos, la comida, el sofá, la comida... ¡Comida! Un buen plato de... Macarrones...—decía Charlie suspirando—. Tenéis que probar los macarrones que hace mi madre. Son los mejores. Me encanta cuando toda la casa huele a comida. Hasta el rellano de la escalera huele a macarrones. Es maravilloso… El hogar...

—Todo iba bien—continuó explicando Charlie—. Hasta que un día, el médico dijo que estaba enfermo y que necesitaba muchos medicamentos. Me hospitalizaron, y sin darme cuenta terminé aquí. A veces pienso que me trajeron a este lugar para hacerme adelgazar.

—Claro. Hacerte adelgazar dejándote sin comida—dijo "Paranoico" con su permanente tono cargado de sarcasmo —. Y a otros nos tratan el carácter a base de golpes. Radical, pero funcional.

—Posiblemente cuando adelgace; me soltarán. Cuando controles tu agresividad; te soltarán y cuando Chaval recupere la memoria, también.

— ¿Y qué pasa conmigo? —preguntó la reclusa de la izquierda.

—A ti. Te soltarán sin más. El atractivo abre muchas puertas—respondió Charlie.

—Alucino contigo—añadió la reclusa de la izquierda—. Estás peor que "Paranoico".

—Mi teoría es mejor—dijo "Paranoico"—. Vamos a morir todos. ¿Queréis oírla?

— ¡Viene alguien! —dijo Charlie.

El hombre entró jadeando; a paso sosegado, arrastrando los pies, embutido en su uniforme, asomando las carnes de la barriga por los huecos que se le abrían entre los botones de la camisa empapada en sudor. Fumando un cigarrillo y atendiendo su Smartphone. Paseaba por el pabellón indiferente a lo que le rodeaba. Sin prestar gran atención, pasó de largo frente a la celda donde se hallaba el cuerpo sin vida de la solitaria joven sin nombre. Hasta que se detuvo delante de la celda del corpulento recluso que apalearon días atrás...

— ¡Vaya, vaya, vaya! ¡Qué bien te veo! —dijo mientras se acercaba el walkie talkie— ¡Novato! ¿Me copias? ¡Cambio!...

—Te copio...—contestó.

—El grandullón se recuperó—dijo mientras se lo miraba sonriendo maléficamente—. Voy a llamar para que se lo lleven. Deja de hacerte pajas y ven aquí. Tenemos que prepararlo. ¡Se me olvidaba! Quedó otra habitación libre, al lado del tuerto. Ya sabes lo que te toca...

—Recibido—contestó su compañero por el walkie.

—Que poco dura una habitación libre en verano. ¿Verdad Novato? —dijo el sudoroso hombre uniformado.

— Agosto, temporada alta—respondió su compañero, mientras los dos hombres abandonaban el pabellón, después de haber llevado a un nuevo recluso a la celda donde estuvo la que murió sin nombre, al lado de "Paranoico".

—Estoy bien ¿Tú estás bien? Estamos bien, ¿estoy bien? —Murmuraba el nuevo recluso, nervioso, mirando en todas direcciones—. ¡Hola!, ¡Hola!... ¿Estáis todos bien? ¿Qué es este sitio? ¿Hola?...

—Tenemos un tarado nuevo en la vecindad—comentó "Paranoico".

— ¡Le dijo la sartén al cazo! —respondió la reclusa de la celda izquierda.

— ¿Estáis bien? —repitió el nuevo.

—Lo estamos. Tranquilo, todos estamos bien. ¿Tienes hambre? —Le respondió Charlie.

—Yo estoy de maravilla—dijo "Paranoico"—. Dentro de un rato tengo mi sesión de masaje. Luego me traerán la cena. Espero que sean alimentos frescos. De lo contrario me pienso quejar...

— ¿Masajes? —preguntó el nuevo.

— ¡Claro! Masajes—respondió "Paranoico"—. Te los hacen con las manos, con los pies, con la porra. A veces se juntan los dos y te repasan todos los huesos del cuerpo. Te dejan como nuevo.

—Se está quedando contigo—dijo Charlie—. Es un bromista. Dime. ¿Tienes hambre, te vas a comer eso?

— ¿Esta es la comida que ponen aquí? —preguntó el nuevo—. No pienso comer esto. Me esperaré a la cena.

— ¡Ja jajá!... La cena. Tu espera la cena—dijo "Paranoico"—. Espérala...

—No habrá cena—comentó Charlie—. Esa es la comida que se dejó la que estaba en la celda antes que tú. Y si no te la vas a comer, te agradecería que me la dieras a mí.

—Claro. Pero, ¿Cómo alcanzártela? —preguntó el nuevo—. No hay espacio entre los barrotes.

El nuevo, consiguió tirar la comida fuera de su celda, desafortunadamente sin alcanzar la de en frente, donde se encontraba el famélico Charlie. Dejándola esparcida por el corredor que las separaba.

— ¡Bien! — exclamó Charlie, mirando deseoso la comida desperdigada frente a su celda—. Gracias por intentarlo.

— ¡Ja jajá! —se burlaba "Paranoico"—. Ahora ya no se la comerá nadie.

— ¡Ji, ji! —reía tímidamente la reclusa del lado izquierdo.

—La huelo desde aquí—dijo Charlie.

—Yo también—añadió el Chaval.

— ¿Cómo acabaste en este agujero? —preguntó Charlie al nuevo, evitando así pensar en la comida.

—Mi mejor amigo me traicionó—contestó—. Prefiero no recordarlo. Pero decidme ¿De qué va este sitio? ¿Hay alguna manera de escapar?

—Si escapar, eso, eso... ¿La hay? — Preguntó Chaval.

—No sé de nadie que lo haya conseguido o intentado—contestó "Paranoico"—. Todo es posible. Aunque fugarnos todos lo veo muy difícil.

—Podría escapar uno y pedir ayuda para salvar a los demás—dijo Chaval emocionado.

—Eso parece un buen plan—añadió la reclusa del lado izquierdo—."Paranoico", tu eres el más listo. Piensa la manera para salir de aquí.

—Vamos "Paranoico", tú puedes salvarnos de este infierno—dijo Charlie.

—Os hacéis demasiadas ilusiones… Ya pensaré algo—contestó "Paranoico"—. No sé por qué os sigo el juego. <<Ninguno de nosotros saldrá con vida de aquí>>.

—Bien grandullón, es tu día de suerte. Estás nominado. Han venido por ti. No nos dejes en mal lugar—decía el hombre gordo de uniforme sudado, mientras le observaba tras los barrotes—. ¡Novato! Ya recogerás eso después. Espabila, lo llevaremos con doble sujeción, así parece más peligroso.

—Muy rápido se recuperó este cabrón. Necesitamos más como él—contestó su compañero, mientras le colocaba la sujeción—El tuerto podría ser un buen candidato.

—Solo quieren sujetos fuertes, de aspecto sano y vigoroso. Nada de lisiados. ¿Entendiste Novato?

—Afirmativo. Perdone su excelencia. Solo pensé que...

—No pienses tanto, te podría explotar el cerebro. Tú haz lo que yo te diga. Llevo mucho tiempo en esto… Vale, ¿lo tienes ya?

— Sí, estoy listo.

—Pues vamos, los dos a la vez. Saquémoslo de aquí.

Los dos hombres se llevaron al corpulento recluso, entre los gritos de unos y la mirada atónita de otros.

— ¡Se llevan al grandullón! —exclamó Charlie—."Paranoico" tenía razón.

— ¿En qué? —preguntó el nuevo.

—Dijo que se lo llevarían. ¿Cómo lo sabías "Paranoico"?

—Pura casualidad—respondió "Paranoico" evitando dar explicaciones que los demás no iban a creer. La posibilidad de escapar, por remota que fuese, había cambiado su actitud tan negativa.

— ¿Casualidad? Esperemos que lo sea—dijo la reclusa del lado izquierdo—. Prefiero que sigas siendo un paranoico, más que un profeta.

—"Paranoico"—dijo el Chaval llamándolo.

— ¿Que hay Chaval? —respondió.

— ¿Cómo acabaste aquí?

—Es una larga y triste historia. Que a nadie le interesa.

—A mí, si—contestó Chaval.

—Y a mí, también—dijo Charlie.

—Y a mí—añadió el nuevo.

— ¡Se acerca alguien! —dijo la reclusa del lado izquierdo.

El hombre uniformado apodado "Novato" entró para terminar de recoger los restos de comida que habían esparcidos por el suelo...

—Con ese puto vago como compañero, me va a tocar siempre hacer las peores faenas a mí solo. Mientras él se rasca los huevos fumando y viendo porno. Ojalá le dé un jodido infarto. Lo grabaría con el móvil mientras muere y lo colgaría en YouTube. Puto gordo cabrón, que asco le tengo... ¡Y vosotros, que cojones miráis! Veo que al nuevo no le gusta nuestra comida. Eso tiene fácil solución. No te pondremos más.

A rato de irse el Novato...

—Que mal karma tienen esos tíos—dijo el nuevo.

—No lo sabes tú bien—contestó "Paranoico"—Su maldad y necedad no tiene límites. Es algo que aprendí de pequeño.

— ¿Que te pasó? —preguntó Chaval.

—Hace tiempo, cuando era un chaval como tú. Vivía con mis padres. Los seres más miserables que he conocido. Eran politoxicómanos. Y digo eran, porque espero que estén muertos. Estúpidos, descuidados, irresponsables. Se drogaban delante de mí, y dejaban sus drogas por todas partes, en la mesita frente al sofá, por la cocina, el lavabo. Cuando no las encontraban, tenían grandes peleas y terminaban descargando su furia conmigo. Cuando no era el uno, era la otra. Me pegaban continuas palizas.

Un día, que ellos no estaban; se me ocurrió la brillante idea de probar esas drogas que tanto adoraban... Fue la peor experiencia de mi vida. Se me aceleró terriblemente el corazón, la respiración se me disparó. Por muy fuerte que respiraba, necesitaba más y más aire. Perdí la cabeza, todo me daba vueltas, no controlaba mi cuerpo. Sufría temblores, ansiedad... El pánico y la paranoia se apoderaron de mí, jamás sentí tanto miedo. Sin ser consciente destruí medio piso bajo los efectos de la droga; el salón, su habitación, cocina...todo destrozado.

Cuando ellos llegaron, me encontraron tirado en el suelo, soltando espuma por la boca, semiinconsciente, aterrado por la experiencia. ¿Sabéis lo que hicieron al verme?

—Llamaron a urgencias—dijo Charlie.

—No. Mi padre, al ver aquel destrozo, agarró una silla y me empezó a golpear con ella hasta romperla. Ahí fue donde perdí el ojo. Mi padre me lo aplastó a golpes. Pero eso no es todo. Mi madre de mientras, se dedicaba a rejuntar los restos de droga que había por el suelo, para metérselos por la nariz ahí mismo. Lo esnifaba directamente del suelo.

Esa misma tarde, en cuanto tuve la ocasión. Me escapé de casa. Desde entonces que vivo en la calle…

Los dos hombres uniformados entraron portando una nueva reclusa en estado inconsciente y la llevaron hasta la celda donde anteriormente estuvo el grandullón. Posteriormente abandonaron el pabellón.

—No les faltan víctimas a esos criminales—dijo la reclusa del lado izquierdo.

—Tengo miedo—dijo el Chaval.

—Tranquilo—comentó Charlie—. Piensa en otras cosas, cosas buenas. Como tu familia. Pronto vendrán tus padres a recogerte. Piensa en eso. Sólo en eso.

—Me quitaron a mis hijos—dijo la reclusa del lado izquierdo.

— ¿Cómo has dicho? — preguntó "Paranoico".

—Antes de traerme aquí. Me robaron a mis hijos cuando aún eran muy pequeños. Me utilizaron. Enloquecí y me trajeron a este maldito lugar. El primer día, me lo pasé gritando y llorando, hasta que me quedé afónica. Esa es mi frívola historia. Prefiero contarla, antes de que empecéis a preguntar.

—De veras que lo siento—dijo "Paranoico"—. No puedo imaginar el dolor por el que has pasado.

—Gracias—contestó ella.

—No es suficiente tener la vida destrozada, encima tenemos que acabar aquí ¿Qué habremos hecho para merecer semejante castigo? —comentó el nuevo.

— ¡Escuchadme! —dijo "Paranoico" captando la atención de todos—. Creo que tengo un plan para salir de aquí.

—Vayamos por partes—continuó diciendo—. Por un lado, tenemos a esos carceleros hijos del mal...

Son dos, que yo sepa. Ninguno de nosotros reconoce haber visto a ninguno más. Así que vamos a suponer que solo hay dos. Ellos serán el primer factor a tener en cuenta.

—Por otro lado, tenemos este maldito lugar. Yo llegué consciente, y pude ver lo que hay tras esa puerta, fuera de este pabellón. Tienen unas oficinas el garaje y poco más. Por lo que solo hay que cruzar dos puertas para salir. La del pabellón y la persiana del garaje, o la de las oficinas que también da a la calle. Dos hombres, dos puertas. Parece fácil ¿No? Suponiendo que conseguimos esquivar a los hombres, nos quedan las puertas. El problema será abrirlas en el caso de que estén cerradas con llave. No tenemos las llaves ni sabemos dónde están. Por lo que necesitamos asegurarnos de que se encuentren abiertas.

— ¿Y cómo lo haremos? — preguntó el Chaval.

—Ahí es donde entra nuestro amigo, el gordo sudoroso—continuó explicando "Paranoico"—. No sé si os habéis fijado que cuando él está aquí dentro, deja la puerta abierta y entra una ligera brisa de aire fresco. Cosa que cuando entra el otro cabrón, a pesar de que también deja la puerta abierta, no pasa el aire. Eso me hace pensar que el gordo deja las puertas abiertas por el calor.

—Así que ya tenemos una posibilidad de que las puertas estén abiertas—interrumpió el nuevo.

—Cierto—dijo "Paranoico"—. Cuando ese tío entre solo y notemos el aire fresco. Será la ocasión de escapar.

—Vale—dijo el nuevo—. Pero antes habrá que salir de la celda ¿Cómo piensas hacerlo?

— ¿Hacerlo? ¿Ya das por hecho que seré yo el que va a escapar? —preguntó "Paranoico"

—Está bastante claro—dijo Charlie.

—Qué suerte la mía—comentó "Paranoico"—. Para salir de la celda necesitaré vuestra ayuda.

—Cuenta con nosotros—dijo el Chaval.

—Bien, lo haremos así—continuó explicando "Paranoico"—. Yo trataré de llamar su atención para que entre en mi celda. Cuando esté dentro, tenéis que hacer mucho ruido.

—Como de costumbre—dijo la reclusa del lado izquierdo.

— ¡Más aún!, cuando esté dentro conmigo, tenéis que hacer mucho ruido, todo el que podáis. Eso lo confundirá y me podrá ofrecer la oportunidad de escapar.

—Es un buen plan—comentó el nuevo—. Haremos tanto ruido que lo dejaremos sordo.

—De acuerdo pues—Cuando llegue el momento, os haré una señal.

—No puedo pensar del hambre que tengo—comentó "Paranoico" después de beber agua—. Me comería un cubo entero de esa porquería que llaman comida.

— ¿Cómo te apañabas para comer viviendo en la calle? —preguntó el Chaval.

—Buscaba en los cubos de basura. También pedía en los bares y algún supermercado.

— ¿En la basura? —preguntó de nuevo.

—Sí. No te imaginas la cantidad de comida que tira la gente. Comida de calidad y en buen estado. Prefiero lo que encontraba en la basura, antes de lo que ponen aquí.

—Debe ser dura la vida en la calle—dijo el Chaval.

—Lo és—contestó "Paranoico"—. Lo peor es la soledad. Te sientes indefenso. El miedo constante te deja pocas oportunidades para relajarte. Cualquier ruido, cualquiera que se acerque a ti. Todo representa un peligro cuando vives en la calle. Tener un hogar, una familia, que te sirvan la comida por arte de magia todos los días. Es algo que nunca he tenido y nunca tendré.

—Me estoy acordando de los macarrones de la madre de Charlie—comentó el Chaval.

—Justo pensaba en lo mismo—dijo la reclusa de la izquierda.

— ¿De verdad? —preguntó el Chaval.

—De verdad de la buena—contestó ella—. Si algún día salimos de aquí, nos tendrás que invitar a casa de tu madre, Charlie.

— ¡Sería genial! Poder hincharnos de macarrones todos juntos—dijo Chaval—. Charlie, prométenos que lo harás... ¿Charlie?... ¡Charlie!... ¿Me oyes? ¡Despierta! Que alguien lo despierte. ¿Tú lo ves desde ahí, "Paranoico"?

— ¡Charlie despierta! —exclamó "Paranoico"

— ¡Eh Amigo, despierta! —dijo el nuevo.

— ¡Charlie despierta por favor! ¡Charlie! —repitió el Chaval con tono angustioso.

—Me temo que Charlie ya no está con nosotros—dijo la reclusa de la izquierda—. Creo que murió de hambre, o de sed...

— ¡Eso es mentira! —exclamó Chaval—. Estará dormido. ¡"Paranoico"! ¿Tú le ves desde ahí? ¿Ves que se mueva?

—Lo siento Chaval—respondió—. No le veo respirar.

— ¡No, no, NOO! Charlie no me dejes...por favor amigo...no me dejes —repetía el Chaval desconsolado y ansioso, aguantando el llanto sin éxito.

—No llores pequeño, se fuerte—le decía la reclusa del lado izquierdo.

—Su corazón era puro, sin oscuridad—comentó "Paranoico".

— ¡Atención, viene alguien! — exclamó el nuevo.

El característico caminar arrastrando los pies por el corredor delató al sudoroso y grueso hombre uniformado, que se paseaba indiferente haciendo la ronda con su cigarrillo en la boca y su Smartphone en mano. Cuando de pronto se paró frente a la celda de Chaval...y abrió la puerta diciendo…

—No te lo tomes como algo personal, "negrito" …pero esto se ha terminado…

—¿Qué pasa? ¿Qué hace? ¿Qué está haciendo? — Preguntaba ansiosa la reclusa de la izquierda.

—¡No lo sé! ¡No veo nada con ese gordo en medio…! —Exclamó "Paranoico" —¡HUYE CHAVAL! ¡LA PUERTA ESTÁ ABIERTA! ¡CORRE!

—¡CORRE, HUYE! ¡CHAVAL! ¡SAL DE AHÍ! —Comenzaron a gritar todos…

Pero dentro de la celda, Chaval estaba paralizado por el terror…

—¡Anda! Te estás meando— Dijo el obeso uniformado chorreando sudor— Eso mejora las cosas. —Añadió turbándose por aquel griterío—¡No puedo pensar!¡Tengo que salir de aquí!¡MIERDA CALLAROS DE UN VEEZ!¡JODER! —Gritaba mientras cerraba la celda de Chaval…

— ¡Chicos! Esta es la oportunidad que esperábamos—dijo "Paranoico"

"Paranoico" se las arregló provocando al carcelero para que entrase en su celda a pegarle. Seguidamente los demás comenzaron a gritar con todas sus fuerzas, confundiéndolo por un momento. "Paranoico" sin vacilar, aprovechó la oportunidad y se escabulló sorteándolo, saliendo de la celda a toda prisa y corriendo a toda prisa en dirección a la salida. Mientras, el obeso y sudoroso hombre llamaba apresurado a su compañero por el walkie, para avisarle de lo sucedido, ordenándole que cerrase la puerta principal. Cosa que hizo, frustrando así la fuga de "Paranoico".

— ¿Lo tienes? —preguntó por el walkie.

—Se metió en el lavabo—respondió su compañero.

—Bien, mantenlo ahí. Ahora vengo—decía mientras sacaba dos porras del armario.

Los gritos de "Paranoico" estremecieron las paredes y el aire enrarecido de aquel maldito lugar, hasta que el dolor de los golpes le dejaron sin sentido.

— ¡A comer desgraciados! —decía el Novato, mientras iba repartiendo la comida celda por celda, hasta que se detuvo frente a la del "Nuevo"—...Tú. Como no te gusta nuestra comida, te vamos a poner a dieta de "solo agua"... ¡Vas a suplicar por comer!... ¡Socio! ¿Me copias? —dijo sujetando el walkie.

—Te copio ¿Qué pasa?

— ¿Que hago, le pongo comida al tuerto?

—No. ¿Para qué? Con todos los dientes que perdió ayer. Veremos lo que aguanta.

—Recibido… Por cierto, tenemos una habitación libre. Frente al tuerto. La treinta y cuatro.

—Tomo nota. ¿Podrás tu solo?

—No. Ayúdame con este. El cabrón pesa un montón. Te espero. Corto y cierro—dijo antes de guardar el walkie—. Pesará un montón, pero no más que tú. Puto vago pervertido murmuraba entre dientes, mientras abría la celda de Charlie.

Al rato...

— ¡Novato! ¿Qué pasa contigo, no puedes limpiarte el culo sin mí? Empieza a espabilar, no soy tu jodida niñera. Puedes tú sólo con ese. Yo de mientras, me llevaré a esta de aquí—dijo mirando a la celda de la reclusa de la izquierda.

— ¡NO, no te la vas a llevar! ¡NO! ¡NOO! —gritaba Chaval desesperado.

— ¡Mira el "negrito", lo chulito que se pone! —dijo mientras sacaba el pañuelo del bolsillo trasero del uniforme para secarse el sudor de la cara—. Tranquilo campeón, mañana te toca a ti.

—No te preocupes por mí—dijo la reclusa de la izquierda—. Recuerda las palabras de tu mamá. "sé fuerte"...

—No por favor, no os la llevéis...por favor...por favor—repetía Chaval llorando.

Esa misma tarde...

—Chaval... ¿Cómo lo llevas? —preguntaba "Paranoico" en sus últimos estertores, quebrado por el dolor, con varias costillas rotas, un pulmón perforado, sangrando por doquier y todo el cuerpo hinchado por los golpes.

—Odio este sitio—respondió.

—Yo odio este sitio y a mi mejor amigo—comentó el nuevo.

—Ya os lo dije... Nadie sale con... vida de aquí—dijo "Paranoico"—. Es...el resultado de mi...teoría.

— ¿Qué teoría es esa? —preguntó el nuevo.

—...Es cuestión de lo...lógica. La gente no sabe lo que... ocurre aquí dentro. Porque si lo supieran, este lugar no existiría... Y si no lo saben, es porque no les llega la... información. Y si no... Si no les llega la información, es... porque ninguno de los que han pasado por aquí...   ha sobrevivido para contarlo.

—No entendí nada, bueno, casi nada—comentó el nuevo.

—Yo tampoco—dijo el Chaval.

—Me...me...mejor pa...para vosotros...—respondió "Paranoico".

— ¿Te importaría volverlo a explicar? —preguntó el nuevo—. Pero más despacio.

— ¡"Paranoico"! ¿Sigues ahí?... Compañero...—volvió a preguntar el nuevo —. No entendí nada en absoluto, ¿Por qué dices "lógica"? ¿Qué es eso? No entender las cosas me pone muy nervioso...Lógica, lógica...dilo ¿Qué es? ... ¿Hola?...

— ¡No, no, no, "Paranoico!! —exclamó Chaval con ansiedad y tembloroso, acercándose a los barrotes de su angosta celda, al ver que "Paranoico" no contestaba— ¡No por favor! No te vayas tú también..."Paranoico"...no te vayas, no me dejes... ¡NOO!...

día 10

Comenzó a llover después de que los hombres uniformados dejaran a tres nuevos reclusos en las celdas que habían quedado libres. La lluvia caía con fuerza sobre el viejo tejado del pabellón, colándose por las grietas y formando goteras que llenaban el suelo de charcos. Una de las goteras estaba justo sobre la celda de Chaval. Una a una, las gotas le caían en la cabeza, refrescándolo. Sentía un extraño alivio. Y cuando alzó la cara para sentir el agua fresca. Comenzó a recordar...

De pronto, Chaval rompió a llorar desconsoladamente…

— ¿Qué te pasa muchacho? —le preguntó el "Nuevo"— ¿Por qué lloras?

—Lloro, porque he conseguido recordar… Ya sé por qué estoy aquí.

—Cuéntame—dijo el "Nuevo".

—Estaba en el coche de mi padre, él conducía...íbamos por una carretera...Mi padre paró en un lado...Me quitó la correa y me dijo que bajara del coche. Luego se fue a toda velocidad...Yo no entendía nada, y salí corriendo tras él...cuando otro coche me atropelló golpeándome en la cabeza... nadie vendrá por mí…

—No podemos confiar en los hombres—dijo el "Nuevo"—. Antes sacrificarían al mejor de los nuestros, que al peor de los suyos.

La puerta del pabellón se abrió, y los dos hombres entraron dirigiéndose hacia la celda de Chaval...

—Bueno "negrito", hoy te toca a ti… ¡Novato! Sujétalo mientras le pongo el lazo.

—Está muerto de miedo, míralo como tiembla… ¡Se está meando! ¡Ya estás soltando la pasta crabrón! —exclamó el Novato dirigiéndose a su compañero con una sonrisa diabólica

—No puedo entenderlo— Murmuró su compañero.

—Como te callas cuando pierdes. No haber apostado tanto…—Insistió el Novato regocijándose.

—Hace dos días le dejé sin agua y se meó encima. ¡Putos perros, siempre guardan algo para mear! —Confesó el hombre obeso.

—¡Desde luego! ¡Eres lo peor! — Dijo el Novato— ¡Eres un tramposo repugnante! ¡Y aún así te gané! ¡Deberías pagarme el doble!... ¿Cuantas veces me has hecho trampas?

—¡De qué putas trampas hablas, no pusimos reglas! —Interrumpió su compañero—. Menos confianzas…que me estoy calentando.

Discutían indiferentes a lo que hacían, sacando a Chaval sujetado con la pértiga, arrastrándolo a través del corredor, mientras los otros perros le miraban encerrados en sus celdas.

Le llevaron hasta una sórdida sala iluminada por un fluorescente que apenas funcionaba, donde había una gran caja de metal conectada a unos tubos. Abrieron la caja. Lo desataron y lo agarraron entre los dos. Uno por la cola y el otro por el lomo. Lo levantaron y lo metieron dentro de la caja, cerraron la tapa y abrieron la llave del gas para ahogarlo.

Pasado unos minutos. Los dos hombres abrieron la caja y sacaron a Chaval, lo pusieron sobre una carretilla y lo llevaron a la cámara frigorífica. Luego se fueron a la zona de las oficinas y comenzaron una partida de cartas.

La "caja de la muerte" no consiguió acabar con Chaval y despertó débilmente sin poder moverse debido a los efectos del gas y el frio de la cámara frigorífica. La oscuridad era total, pero Chaval podía percibir el olor de sus amigos muertos. Estaba Charlie, Daisy (la de la celda del lado izquierdo), "Paranoico" y la gatita sin nombre que murió de terror.

La puerta de la cámara se abrió y uno de los hombres entró con la carretilla. Comenzó a cargar los animales y se los llevó a la sala donde estaba la incineradora. Los metió dentro uno a uno, cerró la puerta de la incineradora y la encendió…

Fin?